JN223648

句集

春秋つれづれ

黒田礼蔵

風詠社

はじめに

俳句を師に就いて学んだことは無いが、つれづれにいろんな作者の俳句を読んでいるうちに、その簡潔な表現の中に底深い表現も可能な型に惹かれ、いつの間にか自分も日常の出来事や風景を詠み込み、句として書き留めるようになっていました。

そうして書き留めていた句を整理して纏め、このたび一冊の本を出すことにしました。

もし、偶然にもこの本を手にする人が居たら、中に一句でも二句でも記憶に残る句のあることを祈っています。

目次

装幀　2DAY

平成十六年〜

平成十六年　秋

新秋の風を見つけに里山に

コスモスの終日風とたはむるる

邯鄲や少年一夜に声太め

鈴まろぶ虫の音夢に入りにけり

平成十六年　冬

南天の実赤く夕陽褪せにけり

風花やふるさと去りし日のはるか

ひそひそと笹に密語や夜の雪

生涯の借家住まひやしぐれ過ぐ

大寒の恵み美味しき水に逢ふ

寒梅や苦節の人に佳（よ）き香あり

貧も富も綿雪覆ひ年の暮

蝋梅や暮れて夕照由比ガ浜

妻居りて語らず居りて春隣

用の無く歩む顔佳し今朝の春

新年や大根の白洗ひをり

元日の清水のやうに来て去りし

愚痴言はず母の一生福寿草

平成十七年　春

しだれ梅気持ち素直に枝に添ふ

春雷や母に打たれしことは恩

初音あり樹々も獣も沈(しず)まりし

たんぽぽの野に遊ぶ子の欲しげなり

たんぽぽの絮毛(わたげ)とともに気は空へ

蕗味噌に熱燗疾(と)くと求めをり

暁闇にミモザ夜明けを誘ひをり

雪やなぎ白滝となり塀雪崩(なだ)る

さくら貝生きてあり日を夢見しや

花だより日本の耳のそば立てる
サリサリと鋏の音たて妻うらら
造成地家建たぬ間のすみれ草
しだれ柳風のワルツを舞ひてをり
味噌汁にただよふ若布海をすする

深酔ひの旧友送るおぼろ月

散る花に蝶まつはれる水面まで

すかんぽを喰(は)み合ひし仲共白髪

空を切り野を切り伏せて初つばめ

都(みやこ)をどり妓の携帯もはんなりと

平成十七年　夏

葉ざくらや猫もうつろに肩落す

酔眼を若葉に洗ふこの朝(あした)

若楓風に揺れつつ風を生み

青嵐山と猫の毛凹(へこ)ませて

野良肌着薄手に着替へ夏来たる

くちなしの命惜しまず匂ひをり

くちなしの匂ひの果てや昼の月

杣道を花道にして野あぢさゐ

眠る葉のつむぐ夢ゐろ合歓の花

梅雨空に燃え盛(さか)りをり凌霄花(のうぜんか)

短夜や鴉も明けを告げぬ日も

やはらかに夜を区切りて初蛍

かたつむり大志あるごと道渡る

黎明に寝た子の如く蓮(はす)醒(さ)むる

石庭の白き掃き目の涼しかり

泰山木の花待たれずに咲くあはれ

夕焼けやいづこも愛(いと)し人帰る

居酒屋の話しの火口(ほくち)冷奴

打水に車輪はしゃぎて行きにけり

夏雲のいくつ夢乗せ帰らぬや

泰山木の花惜しまれず散るあはれ

平成十七年　秋

ほほづきや酸(す)いを噛みしめ知命越ゆ

ひぐらしの久遠の悲哀唄ひをり

かなかなに癒され今日の労終ゆる

母逝く　三句

今少し生きよ朝顔母もまた

はじめての母亡き秋やひとしほに

母の供養足りぬと責むや鉦叩き

にが瓜の冷や汗のごと生(な)りてをり
青柚子や若く切なき日は誰も
一つぶの葡萄握りて稚児豊か
触るるつど散る野菊あり折らざりし

群れとんぼ空を乗つ取り座禅行

鬼女の歯はかくや石榴(ざくろ)の実の熟れて

散り敷きし金木犀を踏む温(ぬく)み

柿紅葉して村里のまた鄙(ひな)び

コスモスの揺れて風紋綾なせり

扇舞ふやうに銀杏の散り初めり

老若（ろうにゃく）の掃く手をせかし銀杏散る

平成十七年　冬

木枯の寝床の胸の奥を吹く

湯豆腐や水魚の夫婦淡々と

登校児の木の葉吹雪と駆け行けり

自動ドア木の葉を抱きて閉じにけり

鮟鱇の勝手にしろのツラがまえ

冬紅葉今際（いまは）の母のいさぎよき

人参の冬陽に映（は）へて子の頬も

湯たんぽの亡き母の手の温みかな

裸木や春は来るよと身じろがず

寒林の果てにあるらし夢の街

平成十八年　春

恋猫を笑へぬにがき悔ひ多く

たんぽぽの葉をサラダ菜にきざみ菜に

天麩羅に見つけて嬉し蕗の薹

初花に嫉（や）くごと雨の降りやまず

酒に佳し蕗味噌飯に足らずなり

花盛り国中阿波の国となり

大空に生れる天使や飛花しきり

葉桜のひつそりさやぐ日となりし

夕闇と分つ色かなすみれ草

番蝶（つがひ）逢うて別れて日の深む

花水木街路を染めて流れをり

平成十八年　夏

ハンカチを指先でつまんで下げたような白い花を
咲かせる「ハンカチの木」を見て　二句

ハンカチの木や真つ白き別れあり

ハンカチの木の花さやぐジューンブライド

初茄子幼なじみの便り絶ゆ

青林檎生意気盛り悲しくて

紫陽花や別れ重ねし人永遠に

睡蓮や嬰児の笑みの無心なる

平成十八年　秋

ひぐらしのモーツァルトに響き合ひ

邯鄲のテノール夜を潤(うるほ)せる

水引の手花火のごと咲きており

露草を活けて子のごと愛(め)でし妻

世のことはしばし忘れて酔芙蓉

朝顔とこのひとときの一会かな

父祖の地を出づ五十年星河いま

秋茄子を焼いて頬ばるとき冥加

蝉の声かそけく消ゆる九月尽

つゆ草の一露海を宿しをり

撫子や子は子のままと母いつも

ほどの良く枝垂れしすすき妻活けし

淋しさや竜胆の色水のいろ

無我境に入りて誦教や夜の虫

日溜りのうつらうつらと秋桜

コスモスの夕陽に酔うて揺れにけり

新藁と匂ひ競へる少女らは

紺あさがほ涙こらへるやうに露

萩に風さみしさ残し行きにけり

木(こ)の実落つ地球深部を叩くごと

匂ふごと障子を染むる夕紅葉

平成十八年　冬

はち切れて水のしぶきや新大根(しんだいこ)

ふうふうと妻も吹きをり根深汁(ねぶかじる)

冬すみれみんなひとりよ生きようよ

悴(かじか)みてハローワークのドアを入(い)る

冬の蝶渾身ビルを越え行けり

たくあんを噛み妻昼(ひる)餉(げ)春隣

にこにこと日に笑みてをり福寿草

母と娘（こ）の笑み合ふやうに福寿草
初湯とて思ひ切り湯を溢れさせ

平成十九年　春

雪解けの野に灯(とも)りをり蕗の薹

野蒜(のびる)摘み今朝(けさ)みそ汁の野のかほり

春の蕗ほろほろ舌に折れにけり

春雷や妻の焼きそばピリ辛し

子の頃の思ひ引きずり酸葉(すいば)噛む

薄化粧して誘ひをり春の山

せせらぎの空に唄ひて春の川

俄(には)か雨藤艶やかにしたたれり

京都　七句

高瀬川花の筏(いかだ)のとぎれなく

花曇り雅(みやび)訛(なま)りの舞妓連れ

踊り妓(こ)の頬にまぎれて花の散り

鴨川に花散りやまず人は逝き

踊り妓の手舞ひのやうに花散れり

花になほ雅の華(はな)や都をどり

賀茂川に星降るやうに花筏

シュールなるロック模様や浅蜊跳(は)ぬ

白蝶の酔ひどれるごと菜から菜に

赤い鈴振るごと海棠咲き初(そ)めり

はるばるとふるさと匂ふこごみかな

平成十九年　夏

紫蘇の葉のお天道(てんと)様の匂ひかな

頬に降る雪に見まがふ花卯木(うつぎ)

ほととぎす明けの鴉は鳴きそびれ

今年竹空を洗ひてさやぎをり

若竹のごと撓(しな)ひてヘディングシュート決む

おのが香に酔うてをるごと百合の揺れ

梔子（くちなし）の花より夜の明け初めり

白薔薇にゆふべの闇の憩ひをり

紫陽花の山路彩（いろ）どり虹と綯（な）ひ

紫陽花や移らふこころつひ追ひし

海を越え行く夢に揺るるや浜昼顔

夏草や少年野球の球憩ふ

こめかみを癇(かん)ばしらすや日雷

こころざしを持つ人に添へ著莪(しゃが)の花

遠花火父母の出会ひし時を想ふ

買ひ替へしすだれを訪(と)ひし夕(ゆう)の風

笹の雨地を濾(こ)し行きて泉澄み

平成十九年　秋

ひぐらしや敗退校の生徒去り

ひぐらしの輪唱山を撓(しな)はせり

ひぐらしの淋し淋しと母呼べり

ひぐらしの湯浴(ゆあ)みの背中(せな)に降りしきる

哀しき世愛(いと)し愛しとひぐらしは

ひぐらしに満ちて静まる夕べかな

秋風や北条鬼哭(きこく)比企(ひき)ヶ谷(やつ)

露を置きあさがほ紺を深めをり

白芙蓉散りて夕闇忍び寄る

林檎盗(と)り叔父に追はれし日なつかし

陽の落ちて柿赤々と谷戸(やと)灯(とも)す

小流れの瀬音の冴えて野路の秋

腸(はらわた)にまず箸走り初さんま

長野姨捨にて　二句

月雲に田毎の闇のおぼろ見ゆ

旅の家に目覚めて寂し夜半の月

職場　四句

ボイラ炊き地下に沁しみ入る秋の風

ビルの窓の月愛(め)で更(ふ)くる夜の勤め

夜勤室の窓に息抜く十三夜

ビルの果て見上ぐる空に秋澄みし

待つ秋の畦に来てをり野紺菊

野紺菊をさがしつ行くや逗子の海

虫の音の鉄路に沁みて秋闌（た）けり

人去りて淋しく黙し秋の海

物干しのとんぼとしばし戯むるる

秋の日の降りてはつのるさみしさは

とき折の風を待つごと萩散りし
色づきてたわわの柚子の顕(あら)はれし
さやうなら御機嫌やうと流れ星

星空を一太刀(ひとたち)にして流れ星
流星の美(は)しき跡欲し月日かな

平成十九年　冬

さらさらと黄金（こがね）の日降り十一月

躾（しつけ）とは振舞ひ美（は）しく冬の朝

レントゲンのごと身に透きし冬日かな

脆（もろ）きこころを踏むごと霜を踏んで見し

凜凜と鎌倉に凍て居すはりし

沈黙の豊饒に満つ夜の雪

枯野行きし人を慕ひつ枯野行く

氷柱（つらら）落つごと先人のいさぎよき

納豆汁（なっとじる）母の手並みのなつかしき

金目鯛煮こごり今朝（けさ）の寒さかな

マフラーを外して眩（まぶ）し白き頸（くび）

鮟鱇鍋肝（きも）をゆずりてゆずられて

隣家より匂ひいただく根深汁

風呂吹きの好きではふはふはふはふと

顔色に具合読み合ひ夫婦炬燵

受験子の頬のキリリと冬深む

風花や天使の裳裾舞ふやうに

傷心に眠るとき欲し障子部屋

至らずも還暦迎ふ今朝の春

あばら家も身に寄り添へる今朝の春

平成二十年～

平成二十年　春

愁ひつつ掌（て）になつききし牡丹雪

人を思ひこころ温もる春初め

園児らの魂（たま）こゑとなる春立てり

薄氷（うすらひ）の水に動きて春田かな

梅林に名残りの雪や花気を添ふ

やはらかき土にはずみて春野行く

ひさかたの日になごみつつ春野行く

朝ざくら昨夜(よべ)の宴(うたげ)は忘れをり

八方に踊りおどける雪柳

しだれ柳銀座の街をやさしうす

話すことあるやに飛(ひ)花(か)の窓内に

花吹雪享(う)けて誇らしバス着けり

山椒和(あへ)山野の春を思ふめり

少し暑(あつ)さうなドレスや八重桜

園児遠足未来のかたまりはじけ行く

花屑のサラダや大地上気せり

平成二十年　夏

子は親を超えて労はれ茄子の花

竹皮を脱ぎて匂へる薄化粧

少年の頬の初心（うぶ）さや今年竹

掌（て）にひらくシルクのやうに罌粟（けし）咲きし

鯵叩く音の遠近（をちこち）夕港

夜勤明け絹の風享（う）く五月来し

氷苺（いちご）母とつつきし日や遥（はる）か

今日の愁ひ清めて行きし夕立かな

百日紅熱き祭りを囃しをり

線香花火来し方ひとを思ふめり

夏草や猫は異界に夢を喰む

七味蕎麦かつと汗噴き夏来たる

みんみんの尻鳴きつのる盛夏かな

桑の実は母子の憩ひ遠き日の

七転し猫すくと立つ夏の昼

ビールジョッキに汗かかずなり夏惜しむ

昼顔に通過列車のつれなくて

「涼し」十三句

朝の茶のきりりとにがく涼しかり

品の良く蕎麦すする音(ね)の涼しかり

打出しの槌(つち)の音高く涼しかり

守備交代全力疾走涼しかり

炎天に白き歯涼し球児かな

水琴窟に耳を澄まして涼しかり

朗朗と巨漢ソプラノ涼しかり

一重瞼すつと糸引き涼しかり

素麺の樋行く速さ涼しかり

鮎喰ひて苔のにがみの涼しかり

寅さんの口上涼しオープニング

糠漬けの茄子の紺色涼しかり

鬼平の気つぷの涼しエンディング

平成二十年　秋

空気ほどかろく生きたや赤とんぼ
あさがほに語らふ人に安らぎし
すひすひと誘ふとんぼと畦を行く
頬汗のここち良く引き今日さやか

スラックスの肢（あし）にさらりと秋気かな

行く鳥の羽音きはやか今朝の秋

西瓜喰（は）み水に溺るるここちせり

石仏の早や寝入るらし秋の暮

ビルの影すつと寄り来る秋の暮

横書きの日本語気持ち悪文月（ふづき）

みな横に書けど縦ゆくわが文月

妻今日も不在の思ひ秋の暮

ほどの良くビールの冷えし良夜かな

落花生つまみステップジャズ佳境

浮かれ出てこゑを掛け合ふ良夜かな

平成二十年　冬

葱のやうに頸（くび）の美し人行けり

日々に似し落葉それぞれなぐさめり

寄鍋の材料をのをのひとくさり

この世ともあの世とも思ひ日向(ひなた)ぼこ

日向ぼこ縁側恋し昭和恋し

日向ぼこ平成よりも昭和温(ぬく)し

はてしなき空に睦(むつ)みて冬田かな

良く揚(あが)る凧を繋ぎて冬田かな

蝋燭の燃えひろごりぬ冬夕焼

白い魔法かけられてをり今朝の雪

つらき世や吐息のやうに雪降れり

簪(かんざし)にして飾りたき雪舞へり

つんつんと澄ますも水仙あたたかき

左向き右向き水仙凛と立つ

平成二十一年　春

ほほざしや六腑に沁みし温め酒

蹠(あなうら)に土やはらかく春動く

嫋(たを)やかに身を起こしをり春の海

若人の目にもまばたく春の星

和菓子舗によもぎの匂ひ春闌(た)けり

たんぽぽのぽぽぽぽぽぽと野を温め

梅が香にも麻痺する鼻を憐れめり

うぐひすに鳴き競ひつつ下校の児

恋猫も一途はつらく悩ましき

儚なくて一重椿をいとしめり

流麗に曲も奏(かな)でり枝垂ざくら

また逢はん光の化身散るさくら

永き日や牛は無心に草を喰(は)む

肢(あし)高く猫身づくろふ春の昼

無くて良きもの捨てがたく西行忌

鎌倉の谷戸を慰さむすみれかな

美(は)しきもの移ろひ速く春愁(はるうれひ)

平成二十一年　夏

オゾン匂ひおおニューフェース谷若葉

キリストもよみがへりをり夏木立

昼顔の野にきて人の和(なご)みをり

滝壺に山野の精霊鎮(しづ)まれり

ほたる握る子の指淡く灯りをり

水匂ひ誘ふほたると夕涼み

列島のかたちの茄子の艶めける
武骨なる男手の味胡瓜揉み
ありとある蝉のこゑ容れ夏の山
人も鳥も遊ばせ夏山従容と

京都鴨川

くつろぎて風の馳走や夜の川床(ゆか)

平成二十一年　秋

ひぐらしを朋(とも)とも慕ひ待ち居たる

待ち侘し初ひぐらしに沁みる酒

疲れたらこの肩に来よ赤とんぼ

鬼やんま浮世睨みて行きにけり

一途とは悲しみのあり吾亦紅

健気とは祈る思ひや草の花

秋の日の頬にさみしく降(ふ)りてきし

日のいろの日ごとに透きて秋めきし

いつも野菊の旅行く人に添ひてをり

晩秋やしみじみ会ひたき老ひし母

鎌倉化粧坂にて

化粧(けはひ)坂(ざか)静(しづか)舞ふごと夕紅葉

平成二十一年　冬

九冬に襟を正して気構へり

車椅子に乗る人押す人小春空

路(みち)に眠る人のつらかろ年の暮

地球のやうに住める星欲し年の暮

地球より行くところ無く年暮るる

恒久に時や停らず去年今年

だし汁の良き香ただよひ去年今年

念入りにだし取る妻や去年今年

葱皮をぺろりと剥きて年新た

蕎麦の味妻と讃ふも初昔

しんしんと冷酒の佳し今朝の春

おほらかに時の過ぎ行くお正月

鬼平の情にほつとす寒の入り

鬼平の一喝すさまじ寒明くる

牡蠣鍋をよろこぶ人の目牡蠣ゐろに

噛み締めて土の甘さや根深汁

好きな種（たね）わかり合ふ仲おでん喰ふ

煮凝（にこご）りのぷるんと揺るをぺろり喰ひ

煮蕪（にかぶら）の舌にとろけて消えゆきし

平成二十二年　春

隣家より湯気のなつかし浅き春

花を待つ思ひやそぞろきのう今日

枝垂ざくら乗りて降(お)りたき撓(しな)ひかな

初蝶の道草の子とつれづれに

早蕨（さわらび）とひびき佳き名の野に萌（も）えり

シクラメン色とりどりに恋のゐろ

諸花（もろはな）のゐろを調和しかすみ草

歌舞伎座　二句

大見得（おおみえ）に拍子木冴ゆる宵の春

六方の所作艶めける宵の春

裁縫の妻の姿勢の夕永し

子猫まであくびし合へる春うらら

うぐひすの寿(ことほ)ぐ庭や祝ひ膳

平成二十二年　夏

薔薇剪（き）るや嘆きのやうに匂ひ来し

麻シャツに風の吹き抜け夏きざす

顔洗ふ水爽快に夏に入る

実朝の魂（たましひ）哭（な）くやほととぎす

まず人の話を聞かふほととぎす

紫陽花や恋に染まれる二人行く

一顆づつ夢を味はひさくらんぼ

昼月を化粧（けはひ）せんとや合歓（ねむ）の花

打水を互ひに打合ふ夕べかな

打水の夕風に揺れ藍暖簾

冷奴　六句

乾杯のあと手始めの冷奴

江戸っ子の気っぷが売りよ冷奴

飾らずも威儀は正して冷奴

魂胆なく腹は真っ白冷奴

粋（いき）で鯔背（いなせ）で丸くはなれぬ冷奴

手持ち無沙汰の餌食（えじき）にするなと冷奴

平成二十二年　秋

夕風にひそめる秋に歩み寄る

あさがほに呼び止められる朝明(あさけ)かな

風過ぎる畳清(すが)しき今朝の秋

ひぐらしの障子を濾(こ)して入りにけり

ひぐらしの青き畳に沁み入りし

ひぐらしや焜炉の薬缶深深と

草なびき見えぬ風行く秋彼岸

浜辺行く愁思のひとのぽつぽつと

秋雨(あきさめ)といふ寂しさを愉(たの)しめる

デラウェアもう止(や)めやうとまた喰ひぬ

従容とひと日の栄耀紅芙蓉

咲き継ぎて生き継ぐ日々や花木槿（むくげ）

秋麗や襟足に日のやはらかき

情念の秘して麗し（うるはし）風の盆

秋日和（あきびより）カーテン風とたはむるる

秋うらら陽射しページを過ぎ行ける

平成二十二年　冬

分別のつかぬ愉(たの)しみなまこ振(ぶ)り

散もみじ踏むを惜しみて廻り行く

繚乱のいろを愉しみ落葉掃く

革ブーツラッシュに混じり冬立てり

河底の日ごとに透きて冬めける

冬日向(ふゆひなた)のやうな人ゆへ会ひに行く

仕忘れしことをぽつぽつ十二月

倦(う)みもせずいろを訪ねん冬紅葉

死はやがて訪ふとささやき落葉かな

来世も朋（とも）なる妻や年忘れ

寒梅の日々に膨らむ力かな

露地裏は子等の天国冬うらら

仏の茶立てて寒暁（かんぎょう）きざしをり

数え日やひと日ひと日の濃き思ひ

大仏もぐつすり昼寝冬日向

夕月に蝋梅いろを添へをりぬ

することの無き目出たさや今朝の春

この静寂(しじま)こそ贈り物お正月

福寿草庭の日溜り桃源郷

豊かさの物にはそつぽ日向ぼこ

鎌倉に刃（やいば）の如き寒の来し

冬帝を蹴飛ばし子らの遊びかな

じつと耐ふ人の孤ならず冬木立

湯たんぽの余熱にしばしまどろめる

せせらぎの音のやはらかに冬去れり

平成二十三年　春

夜勤明けねぎらふやうに初音かな

東日本大震災　二句

地震(なゐ)に揺るすみれ三味線の撥(ばち)のごと

へこたれぬ会津魂地震の春

鐘の音に誘はれ行くも暮の春

鬼平の破顔一笑しじみ汁

平成二十三年　夏

被災地に不屈の笑顔夏立てり

六月や列島緑に滴(したた)るる

野に山に実入りうながし梅雨入りかな

降る雨を珠にし飽かぬ蓮葉かな

梅雨盛り列島海に滴れり

鎌倉や仁王目を剥きカッと夏

夏暁に今日の気息をととのへり

片陰に寄り添ふ人と嘆き合ふ

鎌倉や夜叉堂静か遠花火

鎌倉や灯篭麗(うるは)し藍ゆかた

鬼平の啖呵一喝夕花火

鬼平の満面笑みしどぜう鍋

鬼平の着流し颯爽夏本所

平成二十三年　秋

新涼や祭り囃子の遠くより

名月や遠き友など思ひつつ

夜勤めを励まし鳴くや溝ちちろ

次兄逝く

夜を通しわれも嘆くぞちちろ虫

つばめ去り空の広さを淋しめる

追ひ追はれ遊びし月や酒の友

夕鐘の間に間に暮るる秋夕べ
歩み寄る妻の笑顔や秋の暮

平成二十三年　冬

冬日向おしめ替へる児はしやぎつつ
このままに死なば往生日向ぼこ

厳父こそ深き愛憎寒の入り

イルミネーションに負けぬかがやき枯木星

幾千人行きて帰らぬ枯野道

震災に失くせし日々や年惜しむ

原発を忘れてなるや年忘れ

湯たんぽや原発電気消え失せろ

鎌倉や谷戸の参道小夜しぐれ

幾年や行きて戻れる冬田道

手詰まりの湯豆腐なれど舌つづみ

職を引き浮世の隅の雪見酒

切干しや口に広ごる日の匂ひ

月白や畦の水仙匂ひをり

凍鶴のモデルのやうに歩み初む

息白く機関車のごと子の行けり

トロまぐろ回転寿司の華の行く

なぎさ蹴る犬の雀躍小春なぎ
春待つや妻は街着を試しつつ

平成二十四年　春

つかまへて欲しげに舞へる名残り雪

春浅き息をひそめる木々と鳥

早春やなぎさの波のひそと寄る

初々（うひうひ）し初音や妻の謡（うたひ）また

勿忘草（わすれなぐさ）忘れしゆゑに生きてあり

春暁や隣家昏昏眠るらし

あたたかや笑ふ子多き泣き相撲

仲春やサーファー飛魚波を蹴る

春望に満ち満ち校庭子の駆くる

うららかや土筆(つくし)摘む人野に笑ふ

永き日や妻の電話の切りの良し

楽しき日もあつたと妻の遅日かな

遠き日を妻と辿るも遅日かな

相方は野より通える猫の恋

花冷えや別れの友の手の熱き

信号もバスも躱（かは）せる初つばめ

晩春や猫も安堵の伸びくらべ

夕暮れになじみて憩ふすみれかな

平成二十四年　夏

万物の産声の満ち聖五月

白丁花無数の徳のもの云はず

「トップ取れたか」子に問ひをりしほととぎす

清流の奔(はし)りくるごと胡瓜(きゅうり)生(な)り

まあだだよ子のかくれんぼ谷戸梅雨入り

軒を打つジャズやロックや梅雨踊る

交差点の顔顔顔や薄暑光

踊る輪を見て満悦や夏の月

青春の傷を癒しつつ夏野行く

京都にて　八句

白川のせせらぎに沁む蝉しぐれ

琵琶湖疎水に浮かみて涼し宵の月

鴨川のせせらぎ涼し宵灯り

鴨川の悠久に行く川床座敷

三味の音の涼しく弾む先斗町

背を打つも鞍馬の谷の蝉しぐれ

脱原発を祈るこゑ聴く夏比叡

原発の無き夏願ひ一点鐘

奄美にて

ハイビスカス揺れて奄美や愛結結（あいゆひゆひ）

平成二十四年　秋

奄美にて　四句

鎮魂と聞こゆ奄美の鉦叩

三味の音の秋色哀し奄美かな

波の音のリズムを踊る奄美かな

いづくまで行くや奄美の秋つばめ

今朝妻の動ききびきび秋気配

鈴虫や泣く児いつしか眠り落つ

草の戸の深む風情や鉦叩

空に透き宝石かとも秋あかね

ひぐらしやほつほつ灯る京町屋

京都永観堂にて

見返り阿弥陀も見つめてゐたる夕紅葉

平成二十四年　冬

京都北山にて　二句

つれづれを慰む北山しぐれかな

往きも帰りも北山しぐれ道づれに

竜安寺にて

答へ無く無窮無辺や竜安寺

三十三間堂にて

千体仏の慈悲三十三間を貫けり

近江堅田の浮御堂にて　六句

身に添ひて身丈親しき浮御堂

冬天の冴える昼月浮御堂

浮御堂をひとり占めかな片しぐれ

比叡颪(おろし)になにささやくや浮御堂

雪もよひ鳰(にほ)も来て哭(な)け浮御堂

舟となり我を乗せ行け浮御堂

近江今津にて

冬の日の近江に馴染み名残りかな

奈良にて　二句

若草山のしぐれに霞む東大寺

冬うらら美男阿修羅や興福寺

反原発デモ　二句

冬夕焼滅ぶを許さじ原発デモ

国会前原発止(や)めろの怒声満つ

いくたびも冬のすみれに親しめり

これ無くて蕎麦とは云へぬきざみ葱

海鼠腸(このわた)を涎(よだれ)んばかりすすりをり

蕪煮えてはふはふはふと喰ひにけり

旅の湯の柚子の香りや年の果て

賀茂川の鴨川となる去年今年

マスク止（や）め空気美味しき今朝の春

顔やみな恵比寿に崩る三ヶ日

平成二十五年〜

平成二十五年　春

菠薐草の赤根美味しく奪ひ合ふ

予報士の顔ほころべる春一番

下校児や春一番より騒ぎ行く

親の齢（よわひ）越えてひとしほ彼岸かな

土筆（つくし）和（あへ）つまみてぐひと手酌酒

忘却をせぬが供養ぞ福島忌

笑うごと街灯点る春夕べ

天も地も越えて行かんと猫の夫（つま）

花吹雪未練のやうに連なれり

平成二十五年　夏

幾年や風雨を共に柿若葉

カラフルに鎌倉小町日傘波

空支へきれず噴水崩(くず)折(お)るる

掛け蕎麦にこれこの辛味夏大根

すひすひとひらかなを舞ふほたるかな

色ならば恋のいろかな凌霄花(のうぜんか)

炎昼や悔ひ無きものを喰ひて出づ

夕立来てたてたてに叩かれ横に逃げ

ほたる袋子猫覗きてふんと去る

キッチンの窓を額とし合歓の花

夏暁（なつあけ）やひと日の用事妻終へり

待機児童母子で遊ぶ浮いて来い

炎昼や花鳥犬猫みな眠る

手鞠にもしたき可憐や栗肥ゆる

夏暁や匂ふ朝刊愉しめり

紫蘇の香や箸のはずめるランチ蕎麦

焼茄子や生姜醤油に極まれり

皮剥きて竹の子嬰児（やや）の肌かとも

甥逝く

一途に甥翔んで行きしよ夏の果て

平成二十五年　秋

ひぐらしの若き甥の死悲しめる

喉過ぎる水のひやりと秋めける

窓枠を清(すが)しき月の行くことよ

虫の夜や減量ウォーク妻と共

カラオケを出て虫の音の佳き夜かな

傘に沁む雨こまやかに秋めける

車椅子を押され手折れる野菊かな

秋風や稲穂は重くなびかずも

三秋や虫のコラボの深み行く

皮剥くや桃の豊潤したたる

江ノ電の萩の簾（すだれ）を払いつつ

金木犀夕星ひとつ二つ三つ

露草にソックス濡らす別れかな

名工の及ばぬ名品実葛（さねかずら）

衝羽根（つくばね）を手折りて妻のはずみ行く

秋深し星置（ほしおき）といふ地にあこがるる

平成二十五年　冬

凛と咲き岩の裂け目の冬すみれ

木枯や貰ひし味噌に暖まる

三日月も切りつけて来し寒の入り

歯を削り骨身に沁むる寒さかな

ちらし寿司の味落ち着ける冬日和

寒暁や仏のお茶に込む祈り

風花を追ひ追ひ下校児童かな

寒すずめ妻には寄りて我を避く

カップルの取る手冬日に温めつつ

伝ひ来て止まりて水の凍り初む

貪(むさぼ)れる猫を押しのけ日向ぼこ

節分やこゑ高らかに園児たち

とぼけ寝のなまこ模糊模糊尻隠す

平成二十六年　春

やがていつか還り眠らん春の海

立春の雪掻き合うも長閑(のどか)かな

時計針停まる恐怖や福島忌

折り鶴に招魂込める福島忌

草の戸を分け住むやうに雛飾

振り向きて別れ惜しめる流し雛

花冷えやショール華やぐ段かずら

氏素性分(わか)たぬ庵(いお)に春深む

蛇穴を出づ我はただひたた眠る

節分草を咲かす大地をなほ愛す

すみれ草ブルドーザーに今掘らる

たんぽぽの絮を追ひ駆く教会婚

紙片かと思ふや初蝶列車過ぐ

踊りつつ水面に崩る花吹雪

平成二十六年　夏

刃のやうにつばめ駆く日となりにけり

ほきほきと妻と竹の子喰ひてをり

さくらんぼ頬光らせる子らつまむ

鉄塔を爽(さや)かに包み夏木立

新樹中みどりに染まる二人行く

新樹光人よみがへるいくたびも

若葉雨の中を去り行く就職子

竹さやぎ谷戸に颯々（さつさつ）夏立てり

顔を寄せ花柚（はなゆ）に足りて人行けり

洗ひ皿かさねる音の涼しかり

紫蘇の香の吹き抜けくるや夏座敷

夏草や子らの背丈の追ひつかず

実山椒の匂ふ冷汁夏料理

夏草や墓石は風に癒やさるる

夏草の陰に微笑む仏かな

雑草の不羈こそ永遠（とは）や夏野行く

美容柳黄金に雨を染めてをり

三尺寝うつつに還る愁ひかな

ところてん胃の腑に涼風通りけり

茄子漬を乗せて水かけ飯の美味

すひすひと生きたやこの世あめんぼう

車前草(おほばこ)を踏みて山恋ふ人の行く

長良川アユ餅つける水面かな

ハンカチを掛けて落とすも土瓶割

大川端を涼み鬼平来ぬものか

鬼平を親ひ深川夕涼み

顔顔の満ち足り去れる夏の海

餌を狙ふ鷺の抜き足みな見つむ

平成二十六年　秋

ひぐらしに子のこゑ和せる夕べかな

屋根を打つラップの響き秋しぐれ

つぶやきて寄り来る波や秋のこゑ

朝風を庭に誘(いざな)ひ白芙蓉

一団扇（ひとうちは）ほどの秋風届きをり

露草の瑠璃を愛でつつ妻が朝

露草や露の身なれどうるほひに

苦しき世われも籠（こも）るぞ穴惑

蜜りんご故郷の冷えのいかばかり

晩秋の空轟轟と悲愁過ぐ

さつぱりといさぎよき死や花木槿

平成二十六年　冬

足らずとも健やかな日々根深汁

辛き世を生き延ぶ日々や根深汁

湯豆腐や小さき暮らしのあたたかき

遠富士の広重めける今朝の冬

母を呼び子の駆け行ける枯洲かな

枯るる野に耕し終へし夫婦かな

帰り花亡き子の魂（たま）のいづくにや

雪の野にほつほつ灯る寒椿

多病をも友に従へ去年今年

淋しさや基礎コンクリートの散紅葉

大冬木面影似たる父を恋ふ

ほつと吐く息のやうなる冬薔薇

玉三郎ゾクと凄艶寒牡丹

探梅や教へ合ふひと別れ行く

君は誰放つて置けよと海鼠(なまこ)かな

平成二十七年　春

若布和海（わかめあへ）の日和（ひより）を味はへる

ちよと来いと鎌倉谷戸の日和かな

通勤の背を押すやうに初音かな

春風や堂の仏に笑みこぼる

さくら貝少女こぼれし夢を拾ふ

掌に受けて別れの雪と思ひけり

吐く息に散り行く花となりてをり

卒業生リラのつぼみに別れ行く

芽山椒を噛みてこつそり盗み酒

御澄ましの木の芽香れる披露宴

野遊びや固き時間をほぐしつつ

鎌倉の興亡遥か谷戸すみれ

五十年ぶり秋田帰郷　三句

ふるさとの春の日向（ひなた）に迎へらる

ふるさとに知る顔の無くすみれ草

陸奥（みちのく）に残る初恋かたくりの花

平成二十七年　夏

秋田帰郷　二句

踊り子草の蜜を吸ひ吸ひ奥羽の子

早苗田に絣乙女の艶やかに

青空の燦めくルビーさくらんぼ
キチキチとキャベツの悲鳴線切りに
片肌を鰡背に脱ぐや竹落葉

罌粟(けし)花(はな)やモディリアーニの美人揺る

さみしさや少子化国の梅雨入(つい)りかな

就(な)る恋も就らざるも見し浜昼顔

萱草(かんぞう)の燃え立つ鉄路かぎろへる

夕涼やピアノアダージョ流れ来し

白牡丹遙かオーロラかぎろへる

校門の子らに樗（あふち）の蔭やさし

窓若葉一日ひと日にゐろの濃く

反戦デモ　三句

「戦争させない」こゑを嗄（か）らせる国会前

国会を幾重に囲む平和チェーン
シールズも怒りのラップ夜更けまで

平成二十七年　秋

朝ひぐらしを聴きまたとろと朝寝かな

甘渋き茱萸の味かな遠き恋

金木犀日に溶け合へる匂ひかな

桟橋に沈み行く日や秋日影

水平線にためらひ揺るる秋入日

星空を悲愁に裂きて流れ星

煩（わずら）ひをこつんと醒（さ）ます木の実かな

逝く人を哀れみ哭(な)くや鉦叩

唐辛子のやうなマニキュア街闊歩

野紺菊を摘みて鎌倉寺めぐり

秋の日に目を細め合う親子猫

秋雨の胸の隙間に降りしきる

平成二十七年　冬

袋より飛び出す葱の白さかな

労終へて安らぎ眠る冬田かな

なにも無き静寂(しじま)の親し冬木宿

俎板にどうなとしろと海鼠(なまこ)かな

客去りてほつと鎌倉夕しぐれ

金色のシャワーカーテン片時雨

鳰（にほ）鳴きて淡海の夕を淋しめる

立冬や置き忘らるる田のさびし

冬木立さまよひ歩き親ひ寄る

ひしひしと竹も凍れる寒の入り

滴(したた)りつ寸を増しつつ氷柱(つらら)かな

裸木に手を触り去れる古老かな

断捨離もそろそろ始む冬ごもり

還らぬ日々を雪見障子に見てをりぬ

迷ひ来て枯野の中に安らげる

母の手に赤子這ひ寄る春隣

無季

子や孫に平和の熾(おき)を置き去らん

平成二十八年　春

湯たんぽの余熱を抱ける浅き春

よちよちと赤子初歩（はつほ）や春日和

鎌倉の武士に捧（ささ）げん谷戸すみれ

春の闇若き懊悩孕みをり

豊潤に夜を濡らしをり春満月

若き日の切なき日々や草匂ふ

夜を通し鎌倉谷戸の朧（おぼろ）かな

花喰ひ鳥の散らす花より散り初めり

雪囲取りて光の抱きつき来

平成二十八年　夏

薔薇爛漫蜂の縋(すが)りに崩れをり
貫へずも次を信じる燕の子
破れ傘夢に縋りて故郷出づ
ふるさとや桐の花のみ昔ぶり

柿若葉嬰児(やや)の柔肌匂ふごと

浜茄子(はまなす)や海の男も生まれ継ぐ

緑蔭やしばし憩える宅配人

青羊歯や風に寝転ぶ山仲間

コーヒータイム夫婦和(なご)める窓若葉

花魁草（おいらんそう）風に揺れをる道中めき
波を待つサーファー身構へ夏の果
栗花や少年昼夜に悩ましき
草の戸のまずは御通しところてん

平成二十八年　秋

底紅(そこべに)や笑みを絶やさずまた一つ

赤のまま猫の花火と名づけんや

いくさ無き国土に和(なご)む野菊かな

落蝉を哀れみ降るやこぬか雨

音の澄みて打球はるかに秋の空

馬追ひにいびき合わせて皆眠る

大文字草火花を飛ばし咲いてをり

下山者を微笑み迎ふ花野かな

松虫草下界は恋ふるに値せず

遠浅の引き波淋し秋の暮

栴檀（せんだん）の実や落つること落つること

淵紅葉水脈（みを）に引かれて流れ行く

深秋や猫の寄り来て身を擦りぬ

鬱屈を忘れさつぱり梨を喰ふ

燕帰るわれ帰るべき国やある

平成二十八年　冬

白菜と児を抱き新妻光り行く

大地力を足におぼえつ大根引

ずつしりと大地の水を大根引

若き日の悔ひを辿るも冬木道

遠き昔に誰かに負はれ枯野過ぐ

思ひ出に浸れる妻の小春かな

ほっこりと石を持上ぐ霜柱

母と在るやうに安らぐ枯野かな

戦争をする国ノーと去年今年

平成二十九年　春

家々のそれぞれ梅を手柄かな

うぐひすの手習ひ鳴きや里明くる

白梅の触るをためらふ気品かな

時計針止まり捨てられ福島忌

初花に戦争の無き世を祈る

パリパリと希望噛むごと子のレタス

落椿地を得てほつと安らげる

諸葛菜孔明出づるを期す世かな

夜の星のここに憩ひし犬ふぐり

白魚のはかなくさびしなれど喰ひ

諸鳥のこゑ艶めける夏隣

平成二十九年　夏

朝風に菖蒲翔ばんとひるがへる

虎が雨鎌倉谷戸を降り込むる

鮎翔べる水面を静め梅雨入りかな

夕月にそつと触れをり合歓の花

青ぶだう熟れ行き子等の夢いくつ

炎昼や人も車も燃え立てり

緑蔭や犬猫仲良く眠りをり

破れ傘捨てし故郷に帰らんや

◆著者略歴

黒田　礼蔵（くろだ・れいぞう）

昭和二十三年　福島県双葉郡（現在の双葉町）に生まれる
昭和二十七年　秋田県湯沢市に転居
昭和三十六年　愛知県一宮市に転居
昭和四十二年　愛知県立起工業高等学校卒業
昭和五十九年　神奈川県鎌倉市に転居

句集 春秋つれづれ

2019年8月5日　第1刷発行

著　者　黒田礼蔵

発行人　大杉　剛
発行所　株式会社 風詠社
〒553-0001　大阪市福島区海老江5-2-2
大拓ビル5 - 7階
TEL 06（6136）8657　http://fueisha.com/
発売元　株式会社 星雲社
〒112-0005　東京都文京区水道1-3-30
TEL 03（3868）3275
印刷・製本　シナノ印刷株式会社

ISBN978-4-434-26385-9 C0092